MOSAIQVE
DE 50. QVADRAINS,
sur l'heureuse bien-venuë
DE LA
SERENISSIME ET TRES-ILLVSTRE
PRINCESSE
LA PRINCESSE MARIE DE MEDICIS
ROYNE Tres-Chrestienne de FRANCE.

***Par P. V.* P. C. *Lecteur du* ROY.**

L'an Iubilé de Grace 1600.

A PARIS,
Chez FRANÇOIS IACQVIN Imprimeur,
demeurant ruë des Poyrées, deuant
la porte de Sorbonne.

cIↄ. Iↄ. cI.
AVEC PRIVILEGE DV ROY.

AV ROY.

SIRE vostre bon-heur ioint à vostre vaillãce,
Fait regarder sur vous, toute la Chrestienté:
SIRE par l'vniuers vostre los est chanté,
Escrit au fond du temps, du fer de vostre lance.
SIRE Dieu à par vous deliuré vostre France,
La Chrestienté encor' espere: & s'y attend.
Que vostre MAIESTE la deliure: & à tant
Elle soyt en repos & hors de tout' outrance.

A LA ROYNE.

MADAME vous portés, dans vostr' Am' vn' empreinte
De splẽdeur & vertu, digne du haut pouuoir,
Dont la Franc' & Nauarr', ont desir de vous voir,
Bien tost, s'il plaist à DIEV, heureusement enceinte.

AMEN.

REGINA
VIRTVTVM
CASTITAS.

IVBILÉ MOSAIQVE.

1.

HEVREVX le ROY benin, qui la France domine:
Heureuse Franc' encor', que son astre illumine:
Heureux deux & trois fois, le peupl' à luy soumis:
Heureux ses allyés, bien-heureux ses amis.

2.

La Franc' à pour vn temps esté fort agitée,
La France de soy mesm', a son mal incitée:
Le ROY, *par sa bonté, & Royale valeur:*
L'a ostée du peril, de son tres-grand mal-heur.

3.

Les PRINCES *genereux, sages, vaillans, illustres,*
Ont esclairé à tous, de leurs splendeurs & lustres,
Pour monstrer le chemin, de l'office & deuoir:
Qu'vn chacun doibt au ROY, *le Maistre du pouuoir.*

4.

Le sainct Pere CLEMENT, *de son œil debonnaire*
Reuoyant les troupeaux de son diuin repaire,
A la Franc' a donné sa benediction
Appaisant tout debat & contradiction.

5.

LES PRELATS *tres-pieux de saincte Mere* EGLISE,
Voyant la FRANC' *au poinct, d'estr' en estat remise,*
Y ont conjointement apporté tous leurs vœus:
Pour la felicité auenir des neueus.

6.

A vn si grand danger, de France desastrée
NOSSEIGNEVRS *nourissons de la diuin'* ASTREE,
Ont donné leur remed', & de main, & de voix
Salutair' en tout temps, des souueraines loix.

7.

Des Grands (apres le ROY*) la Noble sauuegarde*
Vn chacun ses sujets, maintient, defend & garde:
Au lieu des larrecins, que la sedition,
Causoit impunément, par la diuision.

8.

La Noblesse voyant la ruine ja preste,
Ainsi qu'à point nommé, de tomber sur sa teste:
S'est tout' esmeu' en soy, & d'vn cueur valeureux,
A assisté son ROY, *si braue & si heureux.*

9.

Des villes & citez la bourgeoysi' accorte,
Se voyant branqueter, de si estrange sorte:
Cessant toute discord', a pris ce bon conseil:
D'honorer & seruir vn ROY si nompareil.

10.

Des bons Estudians les doctes compagnies,
Apperceuans que Mars auoyt d'entreux bannies,
Les douceurs du repos des Pierides sœurs:
Ont les erres repris, des estudes, plus seurs.

11.

Quant aux Predicateurs, leur zelé' eloquence,
Restably' en ses droits, de sagess' & prudence,
Enhorte le Chrestien, à garder Charité:
D'Esperanc' & de Foy, la singularité.

12.

Le Gentil-homm' en fin, vn chacun en sa terre
Mettant l'espé' au croc, vit sans peur de la guerre:
N'a que faire d'emprunt, pour tant mieux se monter,
Et le brigand volleur, par prouesse domter.

13.

Des doctes Aduocats les langues bien pendues,
Tenoyent à leurs palays, muettes & rendues,
Liuides d'esquinance, & sans plus se mouuoir.
Chos' indign' à penser, & miserabl' à voir.

14.

Veu qu'ils sont les Patrons de la simpl' innocence,
Pour la contregarder, de quiconque l'offense:
Et sont constitués tout expres pour le droit,
Pour le representer en tout cas & endroit.

15.

Les Peres tres-deuots, formans leurs seminaires,
Dressent ces beaux esprits, à n'estre mercenaires:
Mais attendre de Dieu, pour loyer & guerdon,
Du Royaume des Cieux, le singulier don.

16.

Les autres qui reclus vacquent à la priere,
En ieusn' & en aumosn' à iceux coustumiere:
Possedent tellement, que ce n'est pas pour eux,
Ains donnent de leur pain, aux pauures souffreteux.

17.

Des loyaux Procureurs la prompte vigilance,
Par les troubles estoit reduyt' à nonchallance,
Maintenant par la paix on les void trauailler:
Et sans cess' au labeur, sans surprise, veiller.

18.

Les meilleurs artisans, veu que leur industrie,
Perissoit par la guerr', & rien que bifferie,
Ne restoit de leurs arts, redressent leurs ouuroüers,
Et remettent en train, les meilleurs ouuriers.

19.

De toutes nations la concord' & hantise,
Qu'entretient le trafic, en toute marchandise
Estoit tourné en hayn', en dout' & en soupçon,
En tout' inimitié, en bataill' & tançon.

20.

Le degast des pays, & fertiles campagnes,
Les vallons & coustaux, & les cultes montagnes,
Pleuroyent dessoubz le faix, du trauail & labeur
Inutil, du pesneux & pauure laboureur.

21.

Le pauure laboureur, qui le bien nous amene,
Et n'a le plus souuent, que le mal & la pene,
Et n'a pas grand support (qu'en IVSTICE & du ROY)
Car c'est luy, qui le plus, porte le desarroy.

22.

Tous ces maux-là, estoyent, mais ce Grand M[e]. & Pere
A qui cieux, terr' & mer, & l'enfer obtempere,
Nous a tout à propos, ce grand ROY ordonné,
Et luy mesme estably, comme de DIEV donné.

23.

C'est que ce trois fois grãd, HENRY ROY de la FRANCE
Et Nauarre: tirant son peuple de souffrance,
Veult restablyr de fais, cest' antique leçon,
Des vieux PRINCES FRANÇOIS, en doctrin' & façon.

24.

Ce grād ROY Tres-Chrestien, veut, entēd & cōmāde:
Que tous & un chacun, obeissance rende,
Ainsi qu'il appartient, au St. SIEGE ROMAIN,
Et si, en donn' à tous l'exemple SOVVERAIN.

25.

Les Docteurs qui tousiours par la Theologie,
Ont gardé de la FOY la vraye analogie:
Ont fait cognoistr' en fin, l'effect de VERITE
Qui surmont' & vainct tout, par sa syncerité.

26.

SA MAIESTE estant en la verité née,
Ne veult l'opinion d'erreur desordonnée,
Auoir aucun credit, en pas un sien estat:
Cerchant tous bons moyens, d'en oster le debat.

27.

Il veult que tous les droits, priuileges, franchises,
Soyent maintenu' par tout, aux sacrosainct' Eglises,
Il ne veult nullement qu'on entreprenne rien,
Sur ce que ses MAIEVRS, ont ordonné fort bien.

28.

Il requiert par expres, qu'en fait de benefices,
On y tiene la main, qu'ils ne soyent malefices:
Excluant les intrus, s'ingerans, & tous ceux,
Qui-en font a prix d'argent, le trafic mal-heureux.

Il veult

29.

Il veut que ses conseils tendent à ceste gloire,
Qu'il a de couronner l'excellente victoire,
Que DIEV luy a donnée, rehaussant sa grandeur:
De franche ROYAVTE, & candide rondeur.

30.

Outre-plus nous voyons, que par son ordonnance,
Le blassem' est banny, qui par grand tolerance,
Auoit regné si fort, que fust droit ou à tort,
On n'oyoyt que le sang, que le ventre, & la mort.

31.

Le peupl' estoit greué, de cest' outre-cuydance,
De ceux dont la fierté prend du mal recompence,
Sa MAIESTE ne veut, que soit vn tel abus:
Que si on l'a souffert, qu'on ne le souffre plus.

32.

Ce ne seroit assés à ce valeureux PRINCE
D'auoir mis à ses LOIX, chaque sienne Prouince:
Il veut aussi sur tout, que la IVSTICE ayt lieu,
Et qu'elle regn' en tout, au bon playsir de DIEV.

33.

Il ne veut aussi plus, qu'aucun offic' on vende,
Mais que cet honneur là de IVSTICE l'on rende:
A qui de bon sçauoir aura le los acquis,
Et qui par sa vertu en merite le pris.

34.

Sa MAIESTE *n'entend pour recouurer finance,*
Que ses pauures suiets, ia pressés à outrance:
En soyent inquietés. Mais liberalement,
Que la tax' enuers eux, soyt fait' egalement.

35.

Cest art noble & diuin, par expres necessaire,
Qui est conseruateur de la vie salutaire:
Sembloyt estr' interdit par des inuentions,
De receptes estranges, & compositions.

36.

Sa MAIESTE *n'entend, qu'aucun homme s'en mesle*
Qui n'en ait les degrés, veu que ceste vie fresle:
(Mesm' en extremité, & à vn prompt besoin)
Demande le remede viste, doux & certain.

37.

L'agile main n'estoit d'experte chirurgie,
Plus recognue qu'au mal, comme sans energie:
Des effets merueilleux, dont le Grand medecin,
A donné le secours, pour l'homme rendre sain.

38.

Le ROY *ne permet pas d'entreprendre des cures*
Tout de bonc estourdy, à toutes auentures:
Mais que l'art excellent soit gardé par expres
Par chacun, qui adroit s'est exercé apres.

39.

Des ſtudieux Regens, or' les claſſes reſonnent,
Les beaux mots recerchés: & ſi, curieux donnent,
Les phraſes du parler (plus excellent) Latin,
De quelconques autheurs, tant au ſoir, qu'au matin.

40.

Les plus petits enfans apprenent à l'eſcholle,
Des leurs plus ieunes ans, de leur tendreſſe molle:
Comment il faut vn iour, vn chacun à ſon ROY:
Obeyr apres DIEV, & bien garder ſa LOY.

41.

En fin, pour employer les pauures à bien faire,
Le ROY veut ordonner a tel maiſtre ſalaire,
Qui par ſa diligenc' & ſainct' intention,
Entreprend d'en bailler la droit' inuention.

42.

Il ne ſouffrira plus, que cet amour lubrique,
Gaſte pas vn eſtat, mais que chacun pudique,
Viue Chreſtiennement, en vertu & honneur:
Tant maiſtre que vallet, ou vaſſal ou Seigneur.

43.

Il veut que ſa maiſon de MAIESTE ROYALE,
Surpaſſe de ce poinct, en chaſteté loyale,
Tout l'heur de ſes ſuiets, c'eſt qu'autheur de ſa LOY
Il l'obſerue encor mieux, que s'il n'eſtoit point ROY.

44.

C'est de vostre bõ-heur, PRINCESSE SOUVERAINE,
Que nostre Ciel ainsi, ores se rasseraine:
C'est de VOSTR' ARRIVEE, que chacun element,
A fait en nostr' endroit un si beau changement.

45.

C'est vous ROYNE MARIE la perle de FLORENCE,
De DIEU dõnée au ROY au grãd heur de la FRANCE,
Ayant conioint en VOUS, ceste RARE BEAUTE,
Auec le vray honneur, de GRAVE ROYAUTE.

46.

Sur vostre CHEF ROYAL, ceste couronne riche,
Embellit encor' plus, ce haut pouuoir D'AUSTRICHE,
Dont vostre MAIESTE, pour nostre bien naissant
Obtient du don de DIEU, le sien REGN' accroissant.

47.

C'est pour l'amour de VOUS, que la mer en tourmente
S'acalme quand & quand, de quelque vent qu'il vente.
Les tempestes en l'air, de VOSTRE SEUL ASPECT,
Rendent le Ciel serain, VOUS rendant ce respect.

48.

Bien-heureux est ce siecle, auquel VOUS fustes née
Et apres le salut à tel heur destinée,
L'olympe VOUS orna, de ses perfections,
La terre s'humilie à voz affections.

49.

Or ne verrons nous plus, que dessus nos riuieres,
Les inondations se desbordent si fieres:
Les Cataratt' en haut, les abysmes d'embas,
S'ils pouuoyent s'efforcer, ne nous troubleront pas.

50.

Puis que DIEV *& ses Saincts, ses Anges, ses Planetes,*
Fondent sur nostre ROY, *leurs influences nettes:*
Qu'ainsi conioincts ensembl' en benediction,
DIEV *nous est par le* ROY *seure protection.*

AMEN, AMEN.

Christi
Palma
Fides.

SONNET.

FRANCE esiouissés vous, & prenés bon courage,
Ayant receu de DIEV, un tel Liberateur:
Qui est de vostre Estat le vray Restaurateur:
Et duquel, de tout droit, vous estes l'heritage.

C'est luy qui a surmonté, de vos troubles l'Orage.
Il vous fera Regner dessus vos Ennemis,
Pour cest effet, il s'est à tout danger submis,
Suffisant de domter, des plus Tygres la rage.

Vous LA NAVARRE aussi revenés à vous-mesmes
Recognoisses de DIEV, vostre vray ROY. Et mesmes
Le BEARN y soit ioint: qui en tranquillité

A esté libre & franc des Ravages molestes,
(Desbordés tout par tout, és païs les plus lointes,)
Par la valeur du ROY, & sa felicité.

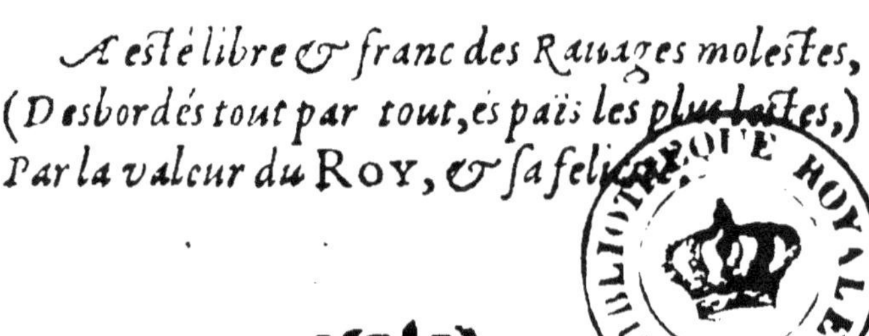

www.ingramcontent.com/pod-product-compliance
Lightning Source LLC
LaVergne TN
LVHW012022170826
845678LV00004BA/1605

* 9 7 8 2 3 2 9 6 1 9 7 9 8 *